GUÍA DE LECTURA

Escrita por Natalia Torres Behar

Un tranvía llamado Deseo

de Tennessee Williams

TENNESSEE WILLIAMS

ENTRE LA TRADICIÓN Y EL ESCÁNDALO

- **Nacido en 1911 en Misisipi (Estados Unidos)**
- **Fallecido en 1983 en Nueva York (Estados Unidos)**
- **Premios literarios:**
  - Premio Pulitzer por *Un tranvía llamado Deseo* (1948)
  - Premio Pulitzer por *La rosa tatuada* (1952)
  - Premio Tony a la mejor obra por *La gata sobre el tejado de zinc* (1955)
- **Funciones destacadas:**
  - Presidente del jurado del Festival de Cannes (1976)
  - Miembro de la Academia Estadounidense de las Artes y las Letras
- **Algunas de sus obras:**
  - *El zoo de cristal* (1945), obra de teatro
  - *La gata sobre el tejado de zinc* (1955), obra teatro
  - *Súbitamente el último verano* (1959), obra de teatro
  - *La noche de la iguana* (1961), obra de teatro

Thomas Lanier Williams III nació el 26 de marzo de 1911 en Columbus, Misisipi, en el corazón del Sur de Estados Unidos. Su padre era alcohólico y violento, lo que propició una vida familiar tormentosa. Tuvo una hermana mayor, Rose, y un hermano menor, Dakin. Debido al puritanismo religioso de su madre, en su crianza les inculcaron una estricta fe religiosa y moral, que contrastaba con las relaciones familiares caóticas. Ello, indiscutiblemente, marcó su vida personal y su carrera como dramaturgo y escritor.

Cuando tenía 12 años, le diagnosticaron difteria. Puesto que su actividad física se vio limitada y el periodo de recuperación fue extenso, su madre le regaló una máquina de escribir, lo que despertó su pasión por la escritura. A partir de entonces, esta se convirtió en su refugio de la realidad: así liberaba sus miedos y demonios internos. En 1927 publicó el artículo «Can a Good Wife Be a Good Sport?» en la revista *The Smart Set*. El año siguiente publicó «The Vengeance of Nitocris» en la revista *Weird Tales*, lo que marcó el comienzo de su carrera. En 1929 comenzó a tomar clases de Periodismo en la Universidad de Misuri, que pronto abandonó. Allí, sus compañeros de la universidad lo apodaron Tennessee debido a su característico acento sureño, seudónimo que conservó. Posteriormente, tras graduarse de la Universidad de San Luis, su carrera despegó y presentó en Broadway muchas de sus obras; su trabajo llegó a Hollywood y tuvo mucho éxito durante varias décadas.

A pesar del éxito, su vida estuvo marcada por la depresión, la adicción al alcohol y las drogas, los fantasmas de su pasado y sus relaciones fallidas con varios hombres. Tennessee Williams murió el 25 de febrero de 1983 en un hotel de Nueva York a causa de un aparente accidente.

¿Sabía que...?

En la obra de Tennessee Williams es evidente la influencia de su vida personal, en especial de la estrecha relación con su hermana, Rose, quien era esquizofrénica. Por autorización de su madre, a Rose le practicaron una lobotomía que empeoró su condición. Cuando Williams se enteró de ello, escribió un famoso y desalentador poema en el que volcó sus sentimientos de impotencia y culpa.

UN TRANVÍA LLAMADO DESEO

LA FRAGILIDAD DE LA CONDICIÓN HUMANA

- **Género:** obra de teatro
- **Edición de referencia:** Williams, Tennessee. 2007. *Un tranvía llamado Deseo. Lo que no se dice. Súbitamente el último verano.* Traducido por León Mirlas (*Un tranvía llamado Deseo*). Buenos Aires: Losada
- **Primera edición**: 1949
- **Temáticas:** pasado y presente en la cultura estadounidense, tabú de la sexualidad y de las adicciones

Un tranvía llamado Deseo es considerada una obra maestra del teatro del siglo XX. En ella, Tennessee Williams explora con sus personajes aspectos sórdidos de la condición humana en contraste con su realidad y sus expectativas. Los personajes de Williams son dicotomías: ceden ante sus más profundos deseos aunque intenten reprimirlos; pretenden ser quienes no son y evitan aceptar su sombría realidad. Parece, incluso, que todos desempeñan un papel que no les corresponde. Viven entre la esperanza y la resignación y son testigos de cómo la rutina los vuelve cada vez más frágiles, más humanos y menos dichosos.

La obra cuenta la historia de dos hermanas muy diferentes, Blanche y Stella, que representan el choque cultural que estaba sucediendo en la época en Estados Unidos. A pesar de que ambas han crecido en medio de la aristocracia, una encarna el Sur, las familias tradicionales, adineradas y con grandes haciendas de plantaciones, y la otra, casada con un obrero polaco, las olas de inmigrantes que llegaban al país, sobre todo tras la Segunda Guerra Mundial en Europa, persiguiendo el sueño americano. Así, el espectador se ve enfrentado al encuentro de estos dos mundos, llenos de prejuicios y de diferencias irreconciliables, que chocan inevitablemente y nos muestran las facetas más oscuras y problemáticas de la condición humana.

RESUMEN

ENCUENTROS Y DESENCUENTROS

Blanche DuBois, una típica dama sureña, elegante y pretenciosa, visita de sorpresa a su hermana, Stella, quien vive con su marido Stanley en un barrio obrero francés de Nueva Orleans al que se llega tomando el tranvía Deseo. Eunice es la vecina del matrimonio Kowalski y recibe, junto con la Negra, a Blanche al llegar. La señorita DuBois tiene intención de quedarse con ellos indefinidamente, pero su actitud pretenciosa y prejuiciosa genera muchas tensiones con Stanley desde su primer encuentro. Esto causa problemas en la pareja, pues Stella defiende y protege a su hermana mientras que Stanley la rechaza.

La llegada de Blanche, sin embargo, no afecta la rutina de la pareja, sus reuniones con los vecinos, ni las frecuentes partidas de póquer de Stanley con sus amigos Steve, Mitch y Pablo, a los que Blanche no ve con buenos ojos. En aquel vecindario todo le parece tosco, vulgar e indigno de ella. No entiende cómo su hermana puede vivir en esas condiciones, puesto que las damas sureñas como ellas fueron criadas para vivir rodeadas de comodidades y con férreos valores familiares. Sin embargo, Blanche exagera: a pesar de que se trata de un barrio de clase obrera, sus casitas blancas bien decoradas con flores, el río y la presencia constante de la música en los bares que hay en cada esquina le dan al lugar un toque pintoresco. No obstante, en su mayoría lo habitan inmigrantes y negros y ello es impropio para una dama como Blanche.

Stella parece contenta con su vida o, al menos, parece no parece importarle demasiado; entre su embarazo (que al principio no le confiesa a su hermana) y su relación codependiente con su marido, quien abusa de ella tanto física como emocionalmente, no le queda tiempo para mucho más.

LA VERDAD

Aunque al principio Blanche dice que su inesperada compañía se debe a una crisis nerviosa y a que el rector del colegio en el que trabaja le sugirió tomarse unos días libres, poco a poco el lector se va enterando de que la verdad es mucho más compleja. No es que Blanche esté añorando la compañía de su hermana y por eso haya decidido ir a visitarla, sino que, en realidad, la echaron de su trabajo. Sumado a ello, como confiesa la noche de su llegada, ha perdido Belle Rêve, la hacienda familiar. Entre la muerte de sus padres y sus tíos, el suicidio de su marido, quien parecía el hombre perfecto, pero era homosexual, y su humilde trabajo como maestra, no ha podido salvar la herencia. Aunque Stella está decepcionada, es Stanley quien peor se lo toma y acusa a Blanche de estar intentando estafarlos. Él no puede entender que Blanche haya perdido la casa y que no tenga ningún papel ni documento para demostrarlo y está convencido de que Blanche simplemente ha malgastado todo el dinero en joyas y ropa cara.

Blanche es consciente de todo lo que le ha pasado en los últimos años. Sabe que se ha quedado sin nada y por eso ha terminado donde su hermana. A pesar de su orgullo y proveniencia, Blanche se niega a aceptar ante otros su humillante situación.

En medio de esta situación, Blanche conoce a Mitch, un amigo de Stanley durante una noche de póquer. Casi de inmediato empiezan un breve romance que gira en torno a su gusto por ciertos poetas y a su sensibilidad. A diferencia de otros hombres del barrio francés, y en particular de Stanley, Mitch es un hombre suave y dulce. Aún vive con su madre y por eso es algo mimado, trata a las mujeres con mucho respeto y es un romántico empedernido. Así pues, Blanche ve en Mitch una oportunidad de estar con un hombre bueno que la trate bien y que tal vez la lleve a vivir a otro lugar. Él, por su parte, está desconcertado por la belleza e inteligencia de ella. Además, como Blanche se siente vieja y fea a pesar de que solo tiene 30 años, cree que Mitch es el último hombre que se va a fijar en ella jamás. Ambos están solos y desesperados, y deciden casarse.

LA LOCURA

Debido a su desagrado por Blanche, Stanley empieza a hacer averiguaciones sobre ella y finalmente da con un tipo que trabaja en la misma planta que él, y que dice haberla visto varias veces en un hotelucho de su pueblo en Misisipi. Cuando Stanley confronta a Blanche, ella niega conocer al hombre y solo le dice a Stella que ella sabe cómo es la gente de su pueblo y que se han inventado toda clase de chismes, sobre todo desde que perdió la hacienda.

Sin embargo, la fuente de Stanley es muy fiable y le cuenta que cuando Blanche perdió todo se fue a vivir al hotelucho y que todas las semanas llevaba un hombre distinto. Fue tanto así, que la gerencia del hotel le tuvo que pedir que se fuera. Pero hay más: la razón por la que Blanche se fue del colegio no fue porque se tomó unos días libres, sino porque el rector la echó por involucrarse con un estudiante. Stanley le cuenta todo esto a Mitch para que esté enterado de con quién se va a casar y que sepa que ella no es la dama inocente, que apenas ha besado a algunos hombres y que mantiene intacta su pureza desde que enviudó como le ha hecho creer.

Mitch se enfurece con Blanche y decide no ir a su fiesta de cumpleaños. Eso empeora el ya frágil estado mental de ella. Cuando él decide ir a su casa a enfrentarse cara a cara con ella y a decirle que ya no se quiere casar, ella está en su peor momento: además de sus frecuentes ataques de pánico y de ansiedad y de un alcoholismo que ya no parece poder esconder, oye música en su cabeza, es incoherente cuando habla y tiene delirios de persecución y de grandeza. Pero además, intenta convencerse a sí misma de que un viejo amante, un millonario de Dallas, la ha invitado a un crucero por el Caribe y de que todo estará bien.

Unas semanas después, Stella, con ayuda de Stanley, toma una difícil decisión. Le dice a Blanche que la van a llevar al campo a que descanse. En realidad la van a enviar a un hospital psiquiátrico, pues desde su cumpleaños su condición mental solo ha empeorado. Un médico y una enfermera llegan por ella y es en este momento cuando Blanche pronuncia una de las frases más famosas de la obra: «Yo he dependido siempre de la bondad de los extraños» (Williams 2007, 160) mientras en su cabeza suena *La Varsoviana* anunciando su fin.

ESTUDIO DE LOS PERSONAJES

Los personajes en esta obra de teatro son todos seres pasionales que responden más a sus impulsos que a motivos racionales. Esta es una característica fundamental de la obra de Williams: «Los personajes williamsianos se mueven más por la visceralidad del instinto que por el sosiego de la argumentación. En su mayor parte se nos muestran como ejemplares prepotentes, con peculiaridades específicas y de reacciones imprevisibles; viven en un mundo de fracasados y reprimidos pero, sorprendentemente, hay siempre, entre ellos, un sitio para el débil y el soñador» (Rodríguez Celada 1998).

BLANCHE DUBOIS

Blanche es una belleza del Sur de Estados Unidos, que se siente ya marchita pues está cerca de los 30 años y no se ha vuelto a casar. Se trata de una rubia muy blanca y elegante que, a pesar de su estado desmejorado, revela un gran atractivo físico. Desde su llegada al barrio de su hermana, desentona: sus modales suaves, su rigidez, su collar de perlas y sus tacones que parecen para ir a tomar el té no cuadran en un barrio obrero en el que todos se comunican a gritos y en medio de burlas y maltratos.

Trabajaba como maestra de inglés y, a raíz de un amorío con un estudiante, el director de la escuela la expulsó. Sufre de alcoholismo, adicción que intenta ocultar, y tiene un pasado promiscuo, impropio de una dama sureña. Puesto que perdió la propiedad familiar y no puede continuar con su estilo de vida privilegiado, se ve obligada a vivir con su hermana y su cuñado en Nueva Orleans. Esto la aterra, pues está acostumbrada a los lujos y comodidades y es muy superficial. Su estado mental es frágil y cualquier nimiedad la altera. Se refugia en el apoyo de su hermana, en sus fantasías amorosas y en su añoranza del pasado.

STELLA KOWALSKI

Stella Kowalski es la hermana menor de Blanche. Creció con las mismas comodidades en el Sur, pero se mudó a Nueva Orleans años antes de la inesperada visita de su hermana. Vive con su marido, Stanley, en la primera planta de una casa, que Blanche describe horrorizada como algo a lo que solo Poe podría hacerle justicia. Stella está cegada por la relación con su marido de quien espera un bebé. Esa ceguera hace que le perdone todo y que no se tome en serio sus arranques de violencia. Siempre regresa a sus brazos y lo defiende y justifica ante Blanche, quien cree que Stella debería dejarlo, como vemos en este diálogo de las primeras escenas.

> «Blanche: —¿Es Stanley tan... distinto?
> Stella: —Sí, es otra clase de hombre.
> Blanche: —¿En qué sentido? ¿Cómo es?
> Stella: —Oh, no se puede describir al que se ama» (Williams 2007, 35).

Stella no solo está enamorada perdidamente de Stanley. Se refiere a él continuamente tal como en la cita anterior, con afirmaciones un poco vagas. Además, gracias a un «no sé qué, no sé dónde» que solo ella puede ver, está convencida de que él tiene una fuerza que los va a llevar muy lejos.

STANLEY KOWALSKI

Stanley, de origen polaco, es un joven de unos 30 años que trabaja en una fábrica. Representa la nueva clase obrera estadounidense, en contraste con aquella de la que proviene Stella, y esto se nota en su apariencia, pues viste unos *jeans* viejos y gastados que combina siempre con cualquier camiseta. Es un hombre muy masculino, tosco, con una presencia casi animal, que quiere imponer esa masculinidad dominante en todas partes. Es agresivo, brusco y vulgar en su trato con las mujeres. Además, es adicto al juego y agrede a quien se cruce en su camino. A pesar de ello, es un hombre pragmático y leal a los suyos. El deseo sexual desenfrenado domina su relación con Stella, pues él es el tipo de hombre que despierta toda clase de bajos instintos en las mujeres. Tal como afirma Blanche, es el tipo de hombre con el que se sale unas pocas veces si la tentación es fuerte, pero definitivamente no debería ser el hombre con el que uno se casa y tiene hijos.

Él siente un desprecio absoluto por Blanche y todo lo que representa. Además, desconfía de ella y busca la manera de desenmascararla.

HAROLD «MITCH» MITCHELL

Mitch es uno de los amigos de Stanley. Vive con su madre y no ha logrado tener una vida romántica satisfactoria. Es inocente, decente, dulce y sensato, pero sobre todo es un caballero. Por eso Blanche está interesada en él. Williams presenta su fugaz compromiso con Blanche como la última oportunidad que tienen dos personas incomprendidas de hallar el amor, la ternura y la comprensión. Sin embargo, termina desilusionado de su prometida.

STEVE HUBBEL

Steve es otro de los amigos de Stanley. Vive con Eunice en la segunda planta de la casa de los Kowalski. Al igual que Stanley, es un trabajador de clase obrera que comparte pasatiempos como el póquer o los bolos con sus amigos.

EUNICE

Eunice es la mujer de Steve. Es la que recibe a Blanche cuando llega de sorpresa a casa de su hermana. Eunice es la primera impresión que se lleva Blanche de su nueva vida, pues la sureña sabe que nada volverá a ser como antes. Igualmente, cuando Stanley y Stella tienen problemas y él se pone violento, Eunice acoge y protege a su vecina.

PABLO GONZÁLEZ

Pablo forma parte del grupo de amigos de Stanley. Aparece en las partidas de póquer y en las noches de bolos. También disfruta del alcohol.

NEGRA

La Negra aparece en la primera escena. Le hace gracia la llegada de la belleza sureña en decadencia y se lo hace saber con burlas a Eunice. Puede decirse que forma parte de la obra para construir una representación fiel de la sociedad de Nueva Orleans de la época, variada cultural y étnicamente.

HOMBRE EXTRAÑO Y MUJER EXTRAÑA

El Hombre extraño es un doctor y, aunque no es explícito, es evidente que se trata del encargado de alguna institución para cuidados de pacientes con problemas mentales. La Mujer extraña es su asistente. Si bien el Hombre extraño se esfuerza por tratar bien a Blanche, la Mujer Extraña quiere controlar cada movimiento que ella haga desde que la conoce. Con ellos es con quienes Blanche pasará el resto de su vida.

CONSIDERACIONES FORMALES

ESTRUCTURA

Un tranvía llamado Deseo es una obra de teatro que transcurre en tres actos. El primer acto se divide en cuatro escenas; el segundo, en dos escenas; y el tercero, en cinco escenas. Cada escena está llena de acción y significado, pues al tratarse de una obra de teatro, en todo momento debe lograrse la mayor cantidad de expresión y dramatismo.

En su forma, se trata de una obra de teatro clásica, dividida en varias partes, en la que hay una introducción, un nudo y un desenlace. Sin embargo, desde el principio deja la sensación de que todo corresponde al nudo. Aunque la acción se puede resumir en la llegada de Blanche, los conflictos que desata y en su partida, las emociones son tan intensas, el ambiente es tan tenso desde el comienzo y hay tanta presión acumulada, que se ve reflejado en los diálogos —llenos de ironía y de indirectas— que todo parece estar siempre en conflicto.

A esto se suma el hecho de que la mayor parte de la obra sucede en el apartamento de los Kowalski. Este es un espacio pequeño de solo dos habitaciones que a Blanche le parece espantoso. Además, ello ayuda a reforzar esa idea de encierro y de falta de aire que tiene Blanche y que es lo que le provoca sus ataques de ansiedad. Así pues, se puede afirmar que ese espacio reducido, oscuro y asfixiante está directamente relacionado con los conflictos internos de Blanche.

LENGUAJE Y ESTILO

En primer lugar, es importante resaltar las descripciones detalladas de los personajes y los escenarios de esta obra. Cada adjetivo evoca en el lector un mundo desesperado y permite sentir compasión y repulsión simultáneamente. Williams explora a través del lenguaje la complejidad de la psique de los personajes al tiempo que examina temas problemáticos de su momento histórico (y también del nuestro), como el racismo, la liberación sexual, la ambición, o las relaciones del viejo Sur con el resto del país.

En segundo lugar, el lenguaje revela todos los conflictos y diferencias que hay entre dos mundos muy dispares: el de Blanche y el del resto de personajes. Los modos de hablar chocan entre sí. La forma de hablar inglés de un negro, un latino o un polaco es diferente a la de un blanco del Sur de Estados Unidos, y Williams quiere que seamos conscientes de esto. Es en el lenguaje, en el no poderse entender del todo, donde se dan los primeros conflictos entre los personajes. Blanche cree que la manera de hablar de la gente del barrio de Stella es muy grosera, pues es un lenguaje más directo y menos adornado. Sin embargo, en su lenguaje educado, en su tono suave y condescendiente, hay también mucha violencia.

TEMÁTICAS Y CLAVES DE LECTURA

PASADO Y PRESENTE EN LA CULTURA ESTADOUNIDENSE

¿SABÍA QUE...?

No es sorprendente que Tennessee Williams haya escogido Nueva Orleans como escenario principal para describir y analizar en detalle el mosaico de emociones que creó con sus personajes de *Un tranvía llamado Deseo*. Luisiana, y gran parte del Sur de Estados Unidos, fue territorio de España, Francia y Gran Bretaña (en distintas ocasiones) entre los siglos XVI y XVIII. Estas culturas y aquellas de los millones de africanos esclavizados que fueron llevados a América y al Caribe, cuyo comercio floreció durante estos siglos, influyeron indiscutiblemente en la vida y la cultura sureña de Estados Unidos.

Nueva Orleans es quizás, junto con Nueva York y California, uno de los lugares que ha definido y redefinido a este país. Los personajes de la obra de Williams son una representación fiel de ello. En ellos se observa la diversidad étnica y cultural del lugar —la rubia Blanche, la Negra, el inmigrante polaco o su amigo de apellido González—, además de los cambios drásticos a los cuales deben adaptarse. Nueva Orleans representa la oportunidad de empezar de nuevo, de aceptar y ver al otro como igual a pesar de las circunstancias difíciles; significa forjar una nueva identidad y aceptar que el pasado debe quedarse atrás si se quiere avanzar. Podría decirse que la resiliencia es un tema presente en la obra de Williams; no obstante, ante la añoranza del pasado, sus personajes olvidan que están en un lugar donde pueden empezar de cero sin atarse a quienes fueron y ya no son.

Como acabamos de explicar, en esta obra hay un choque entre dos culturas: la tradicional sureña y una nueva clase en ascenso compuesta sobre todo por inmigrantes. Estos, provenientes de muchas partes del mundo —sobre todo de Europa tras la Segunda Guerra Mundial—, buscaban un futuro mejor y estaban llenos de ilusiones y de fuerza.

A ellos se contrapone, tanto en Europa como en Estados Unidos, una rancia aristocracia empeñada en preservar sus valores en decadencia. Esta clase es representada por Blanche, que se apega hipócritamente a los valores morales del Sur y vive horrorizada con las costumbres del barrio de Nueva Orleans. Ella encarna el sentimiento de que «todo tiempo pasado fue mejor» y entra en crisis definitiva al entrar en contacto con la clase obrera.

EL TABÚ DE LA SEXUALIDAD Y DE LAS ADICCIONES

Si bien cuando se analizan las adicciones en la obra de Williams se piensa en el alcoholismo o la ludopatía, *Un tranvía llamado Deseo* ofrece un abanico más amplio. Sumada a la adicción a las sustancias, vemos la adicción a las personas, al sexo y a las *buenas* costumbres. Williams explora la adicción de sus personajes a la dependencia a la gloria del pasado, a la pareja o a la madre, entre otras. Sus personajes son adictos y disfuncionales. De igual manera, conforme pasa el tiempo, la adicción hace que personajes como Blanche se hundan en una espiral de la que no pueden salir.

Esto fue muy revolucionario en su momento. Escandalizó al público y propició la censura de la obra: nunca nadie había tocado esos temas de manera tan cruda y directa. En la obra se habla de homosexualidad, de adicciones al alcohol, al juego y al sexo e incluso de violación. Todos estos elementos estaban y están presentes en la vida cotidiana de muchos estadounidenses, pero eran temas que no se querían ver ni enfrentar. Como Blanche, para la sociedad tradicional era más fácil hacer como si no estuviera pasando nada aunque el mundo se estuviera derrumbando bajo sus pies.

PISTAS PARA LA REFLEXIÓN

ALGUNAS PREGUNTAS PARA PROFUNDIZAR EN SU REFLEXIÓN...

- ¿Cómo influye el pasado de Blanche en su comportamiento actual? ¿Y el de Stella?
- ¿Qué se puede inferir del comportamiento de Mitch hacia las mujeres? ¿Y el de Stanley?
- ¿Qué papel desempeña la sexualidad en la obra? ¿Y la moral?
- ¿Qué elementos refuerzan la decadencia de los personajes? Justifíquelo con ejemplos extraídos de la obra.
- ¿Qué puede inferirse del estilo de vida sureño?
- ¿Qué simbolizan los escenarios de la obra? Justifíquelo con ejemplos extraídos de la obra.
- ¿A qué le temen los personajes?
- ¿Qué críticas hacia lo tradicional expresa la obra?
- Estados Unidos sigue siendo hoy un país con inmensos problemas raciales. ¿En qué medida la obra nos habla aun hoy de ellos? Explique su respuesta.

¡Su opinión nos interesa!
¡Deje un comentario en la página web de su librería en línea,
y comparta sus favoritos en las redes sociales!

PARA IR MÁS ALLÁ

EDICIÓN DE REFERENCIA

- Williams, Tennessee. 2007. *Un tranvía llamado Deseo. Lo que no se dice. Súbitamente el último verano.* Traducido por León Mirlas (*Un tranvía llamado Deseo*). Buenos Aires: Losada.

ESTUDIOS DE REFERENCIA

- Biografías y Vidas, "Tennessee Williams", 2016. Consultado el 15 de diciembre de 2016. www.biografiasy-vidas.com/biografia/r/williams.htm
- Durán Manso, Valeriano. 2011. *La complejidad psico-lógica de los personajes de Tennessee Williams.* Sevilla: Universidad de Sevilla. Consultado el 15 de diciembre de 2016. http://fama2.us.es/fco/frame/frame7/estudios/1.3.pdf
- Fernández Rubio, Andrés. 1995. "Una vasta biografía de Tennessee Williams detalla la ruina vital que hizo brillar su obra". Publicado en la edición impresa de *El País*. 11 de diciembre. Consultado el 15 de diciembre de 2016 en la edición digital. http://elpais.com/diario/1995/12/11/cultura/818636401_850215.html
- Rodríguez Celada, Antonio. 1998. *Textos sobre teatro norteamericano (III). Tennessee Williams.* León: Universidad de León, Secretariado de Publicaciones.

LECTURA RECOMENDADA

- Leverich, Lyle. 1995. *Tom: The Unknown Tennessee Williams*. Nueva York: W. W. Norton & Co Inc.

ADAPTACIONES

- *Un tranvía llamado Deseo*. Dirigida por Elia Kazan, con Marlon Brandom Vivian Leigh y Kim Hunter. Guion por Tennessee Williams. Estados Unidos: Warner Bros, 1951.

  Esta es una película homónima de la obra de teatro de Williams. Obtuvo doce nominaciones a los premios Oscar y ganó cuatro. Es un filme particularmente importante porque, en ella, Marlon Brando utilizó las técnicas del famoso *Actors Studio* en su actuación. Ello forjó un nuevo camino en la industria cinematográfica de Estados Unidos. Kazan dirigió también la obra en teatro y logró, además de hacer una representación fiel de la obra, trascender y enaltecer las descripciones de Williams a través de su lente. Sin duda, la producción y fotografía, junto con las grandes interpretaciones, transmiten al espectador la desesperación de los personajes disfuncionales.

- *Blue Jasmine*. Dirigida por Woody Allen, con Cate Blanchett, Sally Hawkins, Alec Baldwin, Bobby Cannavale y Peter Sarsgaard. Estados Unidos: Gravier Productions, Perdido Productions y Sony Entertainment Classics, 2013.

La película cuenta la historia de Jasmine, una *socialité* neoyorquina que afronta una bancarrota después de que su millonario esposo, Hal, se suicide. Debido a ello, se ve obligada a viajar a San Francisco a vivir con su hermana, Ginger. Poco a poco se revela al espectador el frágil estado mental de Jasmine y es evidente que, al igual que Blanche, se refugia en sus recuerdos mientras su estilo de vida decae. Aunque no se trata de una adaptación directa, se puede afirmar que esta película rescata varios elementos de la obra de Williams y les da un toque más contemporáneo a las problemáticas que allí se desarrollan. La actriz que da vida a Blanche, Cate Blanchett, ganó el Oscar como mejor actriz gracias a su excelsa interpretación.

ResumenExpress.com

Muchas más guías para descubrir tu pasión por la literatura

www.resumenexpress.com